カバテツのことわざ研究

よく学べ楽しいことわざ

山下明生・作
小山友子・絵

もくじ

1　よく食べよく学べ　4

ことわざ案内・1　12

2　命あってのモモの種《たね》　14

ことわざ案内・2　22

3　親ゾウの心、子ゾウ知らず　26

ことわざ案内・3　32

4 水清ければカバすまず 34

ことわざ案内・4 44

5 岸をつついてワニを出す 48

ことわざ案内・5 54

6 寝《ね》るカバは育つ 56

ことわざ案内・6 70

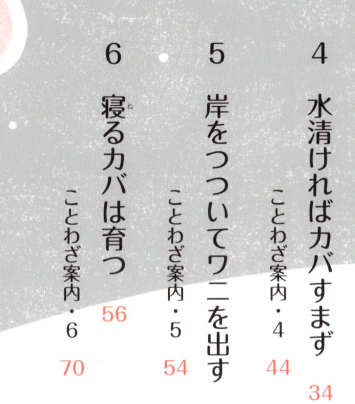

1 よく食べよく学べ

きみ知ってた？

カバは一日に五十キロの草を食べるってこと。五十キロといえば、ニンゲンの子どもふたりぶんくらいの重さだよ。

昼間はずっと水につかってテツガクしているカバだけど、夜すずしくなると陸《りく》にあがって、みんなでオアシス食堂《しょくどう》にでかけます。

え？　テツガクってなにかって？　それはね、むかしの知《ち》恵《え》やことわざの意味などを、じっくり考えること。

カバたちの食堂《しょくどう》は、水をたたえたオアシスのそばにあって、おいしい草がいっぱい生えています。

そしてそこには、カバの子どもたちが勉強する学校もあるのです。

月のあかるい夜のこと。

「カバテツちゃん。うちのカバヨは、オアシス学校にはいったけど、あんたはどうする？」

オアシス食堂《しょくどう》でごはんを食べているおばさんが、となりのカバテツに聞きました。

カバテツというのは、このお話の主人公。じっくりテツガクするのがすきな、カバの男の子です。

「行く、行く。カバヨちゃんが行くのなら、ぼくも行く。ぜったい行く」

カバテツは、五かいも「行く」をくりかえしました。

少年老《お》いやすく学《がく》成《な》り難《がた》し、ということわざを、思いだしたのです。

カバヨは、カバテツと同《おな》い年の女の子ですが、「わたしカバヨね。あんたバカよね、ヒッポポッポ」と、へんな声でうたっては、カバテツをからかいます。

だからカバテツは、カバヨには負けたくないのです。

オアシス学校には、カバの子どもが大ぜいきています。

「いいかね。**よく遊びよく学べ**、ということわざがあるだろう。しっかり遊んだあとは、しっかり勉強だ」

校長のサカバ先生が、いいました。おさけがすきらしく、顔の色が赤っぽい年《とし》寄《よ》りのカバです。

「はい、先生。ぼくは、よく食べよく学べ、です。おいしい草をいっぱい食べたから、こんどはいっぱい勉強します」

カバテツは、はりきってこたえました。

「うん。食料《しょくりょう》足りて礼節《れいせつ》を知る、というからな」

サカバ校長が、細い目をますます細くしました。

「衣食《いしょく》足りて礼節《れいせつ》を知る、というのと同じですか？」

そうきいたのは、ワカバという女の先生です。

「まあな。ニンゲンには衣類《いるい》もいるけど、われわれカバは食べ物さえあれば、おぎょうぎよくなれるのさ」

「先生、食べることのことわざって、ほかにもあるの？」

カバヤキという名まえの子が、質問《しつもん》しました。

「あるわよ。同じ釜《かま》の飯《めし》を食う、というのは、いっしょに住んでいるなかまには、よくいうわね」
ワカバ先生が、こたえました。
「わたしたちだと、**同じ岸辺《きしべ》の草を食う**、ってことね」
カバヨが、いいました。
「**腹八分目《はらはちぶんめ》に医者いらず**、もあるぞ」と、サカバ校長。
「食べ過《す》ぎると、体によくないってことね」と、

カバヨ。

「うまいものは宵《よい》に食え、ってのは、どういうこと？」

カバヤキが、聞きました。

「のこしておくと、だれかにとられるからね。それに、草やくだものも、新鮮《しんせん》なほうがおいしいでしょう」

先生よりもさきに、カバヨがこたえます。

「ほかにも、色気《いろけ》より食い気、なんてものもあるわね」

と、ワカバ先生がいえば、カバヨも、

「いいね。わたし、それ大すき！」と、うれしそう。

ことわざ案内・1

少年老《お》いやすく学《がく》成《なり》り難《がた》し

年をとるのは早く、その反対に学問の進歩はおそい。だから、少年も少女も、わかいうちからまじめに勉強しなければ。

よく遊びよく学べ

しっかり遊んだら、しっかり勉強すればいい。勉強ばかりじゃ、頭がかたくなるからね。

よく学びよく遊べ、ともいう。

衣《い》食《しょく》足りて礼《れい》節《せつ》を知る

着物も食べ物もじゅうぶん足りて、はじめて礼《れい》儀《ぎ》正しい生活が送れるはず。

同じ釜《かま》の飯《めし》を食う

いっしょに暮《く》らして、苦しみや楽しみを共にすれば、家族のように仲良《なかよ》くなれるのよ。

腹八分目《はらはちぶんめ》に医者いらず

満腹《まんぷく》になるまで食べないで、すこしひかえめにすれば、医者にもかからず、健康《けんこう》にすごすことができる。

うまいものは宵《よい》に食え

おいしいものは、味が落ちないうちに早く食べたほうがいい。同様に、いいことはすぐに始めたほうがいい。

色気《いろけ》より食い気

見ためばかり気にするよりは、すきなものを食べるほうが得《とく》じゃないかな。見せかけより中身。花より団子《だんご》なのだ。

2
命あってのモモの種《たね》

カバヨばかりが目立つので、カバテツはおもしろくありません。さっき、オアシス食堂《しょくどう》で食べたごちそうが、ねむけをさそいます。腹《はら》の皮が張《は》れば、目の皮がゆるむ、ということわざ通り、まぶたがだんだん、重くなりました。

「カバテツちゃん。食べてすぐ寝《ね》るとウシになるのよ」

カバヨが注意しましたが、ねむくて耳にとどきません。

とつぜん、カバテツの耳がチクリとしました。

だれかと思えば、ウシツツキのウッキーです。カバやウシの背中《せなか》についている虫をつつきにくる小さな鳥で、カバテツとは仲良《なかよ》しです。

そのウッキーが、カバテツの耳をつついたのです。

「気をつけて、カバテツ。いやなやつがやってくるよ」

カバテツの耳もとで、ウッキーが知らせるのと同時でした。

「どけ、どけ！　ここは、おれの水飲み場だ」

あらあらしい声に、カバテツはとび上がりました。

そうです。ゾウです！　わかいゾウのアバレルが、太い足で水をけちらしながら、どなりこんできたのです。

アバレルは、ここのオアシスが、自分のなわばりだと思いこんでいるようです。

カバの子どもたちは、クモの子を散《ち》らすように、かけだしました。

「カバヨちゃん、こっち。君子危《くんしあや》うきに近寄《ちかよ》らずだ」

カバテツが、さけびます。

「わかった。逃《に》げるが勝ち、だね」

「そうとも。命あってのモモの種《たね》さ」

「ちがうでしょう。命あっての物種《ものだね》っていうのよ」

カバヨがそういいながら、カバテツのほうにかけよったとたん、足をすべらせてすってんころり。

あぶない！　アバレルが、カバヨにせまってきます。ふみつぶそうとしています。

「たすけて！　カバテツ」

カバヨが、ひめいをあげました。けれども、カバテツは、足がすくんでうごけません。

義《ぎ》を見てせざるは勇無《ゆうな》きなり。そんなりっぱなことわざを知っていても、目の前であばれるゾウには、まったく役に立ちません。

カバヨを助けにかけつけたのは、サカバ校長でした。

アバレルを背中《せなか》にかつぐと、「えいやっ！」とばかり、背《せ》おいなげでなげとばしたのです。

アバレルは、鼻から水をふき上げながら、ほうほうの体《てい》で逃《に》げ出しました。

「すごいね、校長先生。あんな芸当《げいとう》、どこでおぼえたの？」

ワカバ先生が、目をまるくします。

「昔取った杵柄《きねづか》さ。ちょっと、柔道《じゅうどう》をやってたものでね」

「すてき。芸《げい》は身を助《たす》く、ってわけですね。特技《とくぎ》を身につけておくと、いつか役に立つってこと」

ワカバ先生がいうと、生徒《せいと》たちがしっぽで水をたたいて、はくしゅしました。

ことわざ案内・2

腹《はら》の皮が張《は》れば、目の皮がゆるむ

お腹《なか》がいっぱいになれば、自然《しぜん》にねむくなってくるものさ。

食べてすぐ寝《ね》るとウシになる

ごはんを食べてすぐ横になるのは、だらしのないウシと同じ。すこし時間をおいて寝《ね》るのが、からだのためにもいい。

君子《くんし》危《あや》うきに近寄《ちかよ》らず

教養《きょうよう》あるかしこい人は、わざわざあぶないまねはしない。

逃《に》げるが勝ち

ひとまず逃《に》げておいたほうが、結果的《けっかてき》には、勝ちにつながることがある。

ことわざ案内・2

命あっての物種《ものだね》

なにごとも命があるからできるもの。死んでしまってはおしまいだから、命だけは、かならずなにがあってもたいせつにするように。

義《ぎ》を見てせざるは勇無《ゆうな》きなり

正しいことだと知りながら、行動にうつさないのは、勇気のないおくびょうもののやることだ。

昔とった杵柄《きねづか》

昔きたえたうでまえのおかげで、今も自信満々《じしんまんまん》。まだわかいものにはまけないぞ。

杵柄《きねづか》とは、もちつきにつかう木の道具。

芸《げい》は身を助《たす》く

わかいときにみがいた習い事が、あとになって思いがけなく役に立つというのも、よくあること。

3
親ゾウの心、子ゾウ知らず

「それじゃカバテツちゃんは、どんな特技《とくぎ》をもってるの？」

カバヨが聞きました。

「べつに」

カバテツは、しぶしぶこたえます。

「なら、無芸大食《むげいたいしょく》ね」

「ぼくだって、ひとつくらい特技《とくぎ》はあるさ」

「どんな芸《げい》？」

「さかだち」

「さかだちは、だめね。カバがさかだちしたら、バカになるから」

カバヨはそういうと。得意《とくい》の歌をうたいだしました。

「あたしカバヨね。さかだちするカバ、みんなバカよね」

カバヨがうたっていると、岸辺《きしべ》がさわがしくなりました。
一難《いちなん》去ってまた一難《いちなん》。さっきのゾウより、二ばいも大きい
ゾウが、のっしのっしとやってきたのです。
「あれまあ。**子どものけんかに親が出てきたわ**」
うたうのをやめて、カバヨがいいました。
けれども、けんかをしにきたのではありません。
「もうしわけない。うちのカバ息子《むすこ》、いやバカ息子《むすこ》が、おさ
わがせをして。よくぞ、しかってくださいました。**鉄は熱《あつ》い
うちに打てといいますから**」
頭をぺこぺこ下げながら、お父さんゾウはいいました。
「いやいや。こちらこそ、つい手荒《てあら》なまねをしまして」
サカバ校長も、首をちぢめてぺこぺこします。

「わたしは、いつもご近所と仲良《なかよ》くするようにと、息子《むすこ》にいっているのですが、親ゾウの心、子ゾウ知らず、で」

そういう親ゾウを、サカバ校長が、なぐさめます。

「どこでもそうですよ。親の心、子知らずというのは」

「二どとしないよう、よくいっておきますので」

父ゾウはまた、ひざをまげていいました。

「さすが、大人のゾウは、ちがいますな。まさに、実《みの》るほど頭《こうべ》が下がる稲穂《いなほ》かな。見上げたものです」

「だいじな時間を、おじゃましました。じゃ、これにて失礼《しつれい》。ごゆっくり、勉強してください」

父ゾウはそういうと、しずかにオアシス学校を引きあげていきました。

ことわざ案内・3

無《む》芸《げい》大食

食べるのばかり得《とく》意《い》で、ほかに芸《げい》のない人のこと。

一《いち》難《なん》去ってまた一《いち》難《なん》

ようやくわざわいが過《す》ぎ去ったと思ったら、また新しいわざわいがおそいかかる、という二重の不《ふ》運《うん》。

子どものけんかに親が出てきた

子ども同《どう》士《し》のたわいないけんかに、親が出てきてめんどうなことになる。よけいな口出しは、しないほうがいいね。

鉄は熱《あつ》いうちに打て

鉄は赤く焼《や》けているうちに打つのがいい。それと同じで、人間も純真《じゅんしん》なわかいうちにきたえるのがいい。

親の心、子知らず

いくら親が愛情《あいじょう》をそそいでも、子どもはわがまま放題にふるまう。自分が親になったとき、初《はじ》めてそれがわかる。

実るほど頭《こうべ》が下がる稲穂《いなほ》かな

稲《いね》の穂《ほ》が、実るほど頭を下げるように、人間もえらくなればなるほど、ていねいに接《せっ》するのが、正しい姿勢《しせい》なのよ。

4

水清ければカバすまず

「それじゃ、さっそく授業《じゅぎょう》をはじめましょう。今日の勉強は、さっきから話題になっていることわざですよ」

ワカバ先生がいうと、サカバ校長がつけたします。

「ことわざは知恵《ちえ》のオアシスだ。ことわざをひとつおぼえれば、ひとつ利口《りこう》になる。しっかり勉強するように」

「じゃ、みんなに聞いてみるわね。わたしたちの暮《く》らしと切ってもきれないものは、なんでしょう？」

ワカバ先生が、たずねました。

「食べもの！」と、カバテツ。

「はい。食べものはたいせつね。でも、食べもののことわざは、もうたくさん出ているから、ほかのものは？」

「水！」と、カバヨ。

「そうそう。今日はまず、水のことわざを勉強しましょう。だれか、知ってる？　水が出てくることわざ」

ワカバ先生がいうと、すかさず、カバヨがこたえます。

「立て板に水」

「えらいね、カバヨちゃん。ことわざどおりに、すらすらこたえてくれたわね」

ワカバ先生が、感心します。

「上手《じょうず》の手から水がもる」と、またカバヨ。

負けずにこたえたのは、カバテツ。

「水清ければ魚《うお》すまず」

「むずかしいのを知ってるのね、カバテツくん」

ワカバ先生が、ほめてくれます。

「うん。まえに、お父さんが教えてくれた。ぼくのウンチで水がにごると、魚がたくさん集まってくるんだ」

カバテツが、とくいそうにいいます。

「ぼくだって、水草もはえないほどきれいなところはうれしくない。水清ければカバすまず、だよ」

カバヤキが、つけたしました。

それからも、みんなみじかい手をあげて、水のことわざをこたえました。

「水心《みずごころ》あれば魚心《うおごころ》」

カバヨがいえば、つづいてカバヤキ。

「水を得《え》た魚《うお》のよう」

「なるほど。どちらも、水と魚の関《かか》わりね」と、ワカバ先生。

「みんな、よく知ってるね。ほかにも、ないかな」

ワカバ先生が、つぎをうながします。

「水に流す」
「背水《はいすい》の陣《じん》」
「寝耳《ねみみ》に水」

われ先にと手があがり、ワカバ先生をよろこばせます。

「まだまだあるよ、水のことわざ。焼《や》け石に水」

別の女の子がさけび、こたえがつづきます。

「年寄《としよ》りの冷や水」

「君子《くんし》の交わりは淡《あわ》き水のごとし」

「カバヨちゃん。すごいのを知ってるのね。意味もわかっているの？」

ワカバ先生がいうと、カバヨはこうこたえました。

「はい。りっぱな人は、べたべたしたつきあいはさけるの。たとえ、親戚《しんせき》のカバテツちゃんとでも」

「ま、そういう取り方もあるわね。じゃ、おつぎは？」

「**血は水よりも濃《こ》い**、なんてのも、聞いたことがある。お父さんやお母さんとの血のつながりは、水のような他人とは、くらべものにならないんだ」

カバテツが、がんばっていいます。

「けれど、**遠くの親戚《しんせき》より近くの他人**、ともいうからね。おとなり同士《どうし》は、仲良《なかよ》くしなければいけないのよ」

カバヨがいい、カバテツをにらみます。

ワカバ先生は、ふたりをなだめるようにいいました。

「ことわざには、その場その場で、いろんな取り方があるのよね。だから、おもしろいの」

「まだまだあるよ、水のことわざ。水からでたさび、とか」

カバヤキが、はりきってこたえると、みんながわらいだしました。

「それをいうなら、身から出たさび、じゃないの」カバヨが、ぴしゃりといいます。

「まちがっても、いいんだ。改《あらた》めるにはばかることなかれ、ということわざも、あるんだから」

しょんぼりするカバヤキを、サカバ校長がなぐさめました。

「ごめん。ぼくがまちがえて、水をさしたみたいだね」

カバヤキはそういい、ぺこりと頭を下げました。

ことわざ案内・4

立て板に水

立てかけた板に水を流すように、すらすらとよどみなくしゃべることを、たとえていう。

上手《じょうず》の手から水がもる

どんな名人でも、ときには失敗することがある。弘法《こうぼう》も筆《ふで》のあやまり、とおなじような意味。

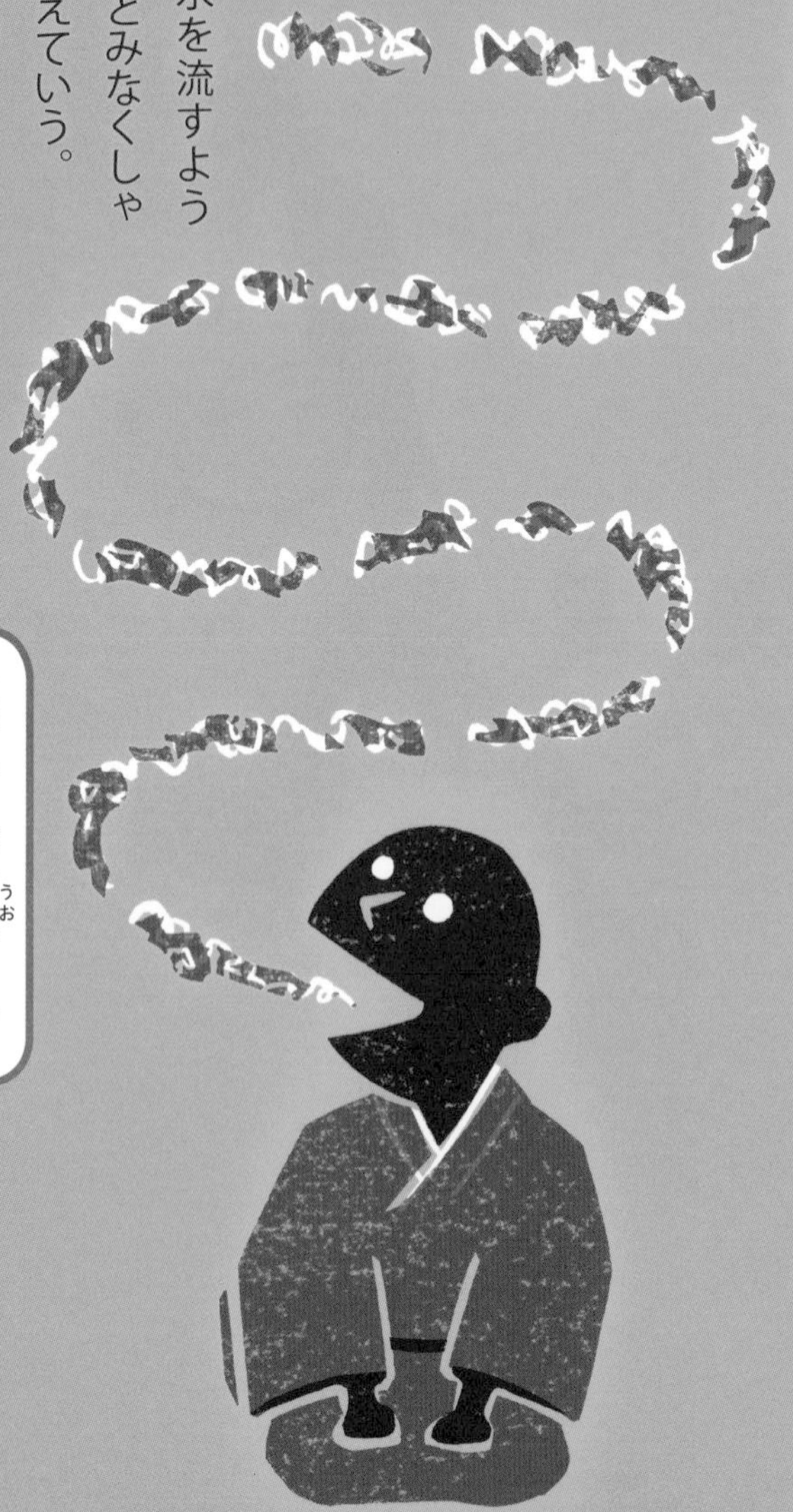

水清ければ魚《うお》すまず

あまりに澄《す》んだ水には、魚がすみつかないように、潔癖《けっぺき》すぎる人は、近《ちか》寄《よ》りがたくて敬遠《けいえん》されがち。

水心《みずごころ》あれば魚心《うおごころ》

魚が、すんでいる水がすきならば、水もその魚のことがすきになる。
人間の世界でも、同じこと。

水を得《え》た魚《うお》のよう

魚が水に入ると生きかえるように、人間も、得意《とくい》分野を得《え》て生き生きするようす。

水に流す

いざこざや気まずさを洗い流し、何事もなかったことにして、仲《なか》なおりする。

背水《はいすい》の陣《じん》

うしろに引かないかくごで、水ぎわに陣《じん》をしくのと同じように、必死《ひっし》の気持ちで、物事にあたること。

ことわざ案内・4

寝耳《ねみみ》に水

寝《ね》ているとき、耳に水を入れられ飛《と》び起きるくらい、とつぜんの出来事に、びっくりぎょうてんすること。

年寄《としよ》りの冷や水

年寄《としよ》りが若者《わかもの》に負けまいと、冷たい水をかぶるのはあぶない。年をわきまえず、過激《かげき》な行動をとること。

君子《くんし》の交わりは淡《あわ》き水のごとし

人格《じんかく》のある人は、友だちとの付き合いも、水のようにさっぱりして、長くつづくものだ。

焼《や》け石に水

焼《や》けた石に水をかけても、「ジュッ！」と蒸発《じょうはつ》してしまうように、ちょっとの努《ど》力《りょく》や援助《えんじょ》では、効果《こうか》は出ないものだ。

血は水より濃《こ》い

血のつながった親や兄弟は、そうでない他人よりも、はるかに結《むす》びつきが強いので、いつまでもたいせつにしよう。

遠くの親戚《しんせき》より近くの他人

いくら親戚《しんせき》でも、遠くにいたのでは、いざというときに間にあわない。それよりは、近くの他人のほうが頼《たよ》りになる。

身から出たさび

刀身《とうしん》（刀のさや）から出たさびが、刀の歯をだめにするように、自分でしでかした行いが、自分を苦しめることが、しばしばある。

改《あらた》めるにはばかることなかれ

何事も、まちがいだと気づいたときには、見栄《みえ》をはらず、ただちに改《あらた》めるのが、利口《りこう》なやり方なのよ。

水をさす

うまくいっているところに、よけいなことをしてじゃまをする。

5

岸をつついてワニを出す

「ワカバ先生、木や草も、ぼくらの暮《く》らしには、欠《か》かせないけど、木や草のことわざもあるの？」

カバンという名まえの子が、質問《しつもん》しました。

「木や草のことわざも、たいせつね。だれか、知ってる？」

ワカバ先生が、みんなを見ました。

「木に竹をつぐ」と、カバヤキが、考え考えこたえました。

「なるほど。ほかには？　木や草のことわざは、意外と少ないかも。わたしも、すぐには思いつかない」

ワカバ先生が、いいます。

「枯《か》れ木も山のにぎわい、ってのがあるぞ」

サカバ校長が、そばからこたえを出します。

みんなが、頭をひねっていると、カバヨが手をあげました。

「木によりて魚をもとむ、というの。見当ちがいってことよ」

負けるもんかと、カバテツも手をあげます。

「草を打ってヘビを驚《おど》ろかす。これも、

お父さんに教えてもらったんだ」

「カバテツくん。よく思い出したわね。**やぶをつついてヘビを出す**というのと、同じような意味なのよ」

またもや、ワカバ先生にほめられて、カバテツは、からだが熱《あつ》くなりました。

「それなら、**岸をつついてワニを出す**、も同じだね。これ、わたしが今つくったことわざよ」

カバヨがまた、じまんします。

「そうそう。自分が考えたものでも、みんなが口にするようになれば、ことわざ

として生き残《のこ》るのよ」

ワカバ先生が、教えます。

「どんなのが、生き残《のこ》るの？」

「うまいことというね。おもしろいな。なーるほど。そんな文《もん》句《く》を、みんなが口にしているうちに、ことわざとして定着《ていちゃく》するみたい。昔からいいつたえられているものはもちろんだけど、新しく生まれることわざだってあるのよ」

「じゃ、わたしたちでつくってもいいのね、ことわざ」

と、カバヨが、うれしそうにいいます。

「いいのよ。うまいことわざを考えたら、何百年も残《のこ》るかもしれないよ」

と、ワカバ先生が、生徒《せいと》たちをけしかけました。

ことわざ案内・5

木に竹をつぐ

木に竹をつぎ木しても育たないように、まるで見当ちがいな行いをしてしまうこと。

枯《か》れ木も山のにぎわい

値《ね》打《う》ちのない枯《か》れ木でも、なにかの飾《かざ》りになるように、目立たない人でも、いないよりはましでしょう。

木によりて魚をもとむ

木にのぼって魚をさがしてもむだなように、方法《ほうほう》をまちがえては、求《もと》めるものも手にはいらないよね。

草を打ってヘビを驚《おどろ》かす

遊び半分に草むらを打ったら、ヘビが出てきた。ふとした行いが、思いがけない災《わざわ》いを呼《よ》ぶことがある。

やぶをつついてヘビを出す

よけいな手出しをして、かえってやっかいごとを引き起こす。ちぢめて、やぶヘビ、というときもある。

6 寝るカバは育つ

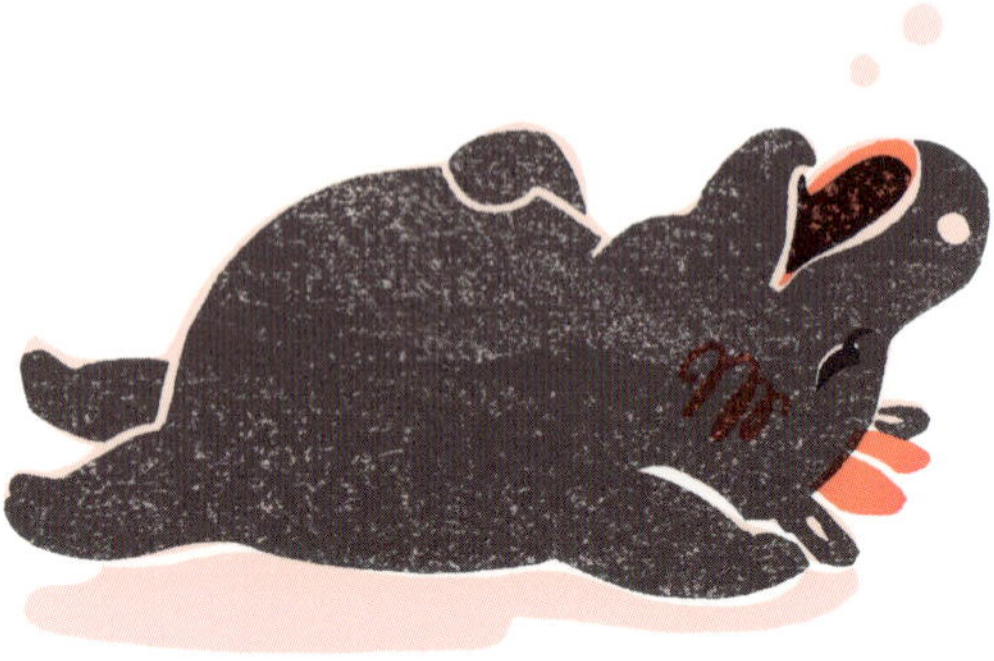

勉強がおわって、オアシス学校を出ると、カバテツのお父さんとカバヨのお父さんが、まっていました。

「夜の散歩《さんぽ》がてら、むかえにきたよ。さ、いっしょに帰ろう」

カバヨのお父さんが、いいました。

「こんなにいい月夜だからね。のんびりいこう」

カバテツのお父さんも、いいました。

「そうそう。**夜道《よみち》に日は暮《く》れぬ**だ」

「今日は、学校でなにを習ったんだ？」

カバテツのお父さんが聞き、カバテツがこたえました。

「水のことわざ。それから、木や草のことわざ。カバヨちゃんは、どんなことわざでも知っているんだ」

カバテツがいうと、カバヨはじまんげに、鼻をならしました。

「じゃ、これはどうかな？
いつも月夜に米の飯《めし》」
カバヨ父さんがいうと、
カバヨが聞きかえしました。
「知らない。いつも月夜って、どういうこと？」
「ちょっとむずかしかったかね。
きれいな月夜とおいしいごはんは、
いつもあるわけじゃないってこと」
「**月にむら雲、花に風**ともいうね。いいことは、いつまでも
つづかないものなんだ」
カバテツ父さんがいったとたん、ぶあつい雲が月をかくし
て、あたりはまっ暗になりました。

「これじゃ、なにも見えやしない」

カバヨ父さんがいうと、カバテツ父さんも、

「うん。闇夜《やみよ》のカラスだ」と、いいました。

「暗い夜には、あぶない連中《れんちゅう》もうろついているからね。はぐれないように、くっつきあっていこう」

カバヨ父さんがいい、ひとかたまりになって、あるいていきます。

「こんなに暗いと、道だか草むらだか、わからないよ」

カバテツが、心配そうにいいます。

「まあ、日暮《く》れて道遠しというからな。自分たちのにおいをたしかめながら、安全にいこう」

カバヨ父さんがいったとき、カバヨが大声を出しました。

「あ、むこうのほうに、あかりが見える」
「たしかに。闇夜《やみよ》の提灯《ちょうちん》、渡《わた》りに船だ」
カバテツ父さんも、声をはずませます。

道のまん中で、火がもえています。

カバテツたちがちかづくと、暗がりからぬっと、黒い動物がとびだしてきました。

「え？　なにあれ？」

カバテツが、ぎょっとして立ち止まります。

「サイだろう。からだが黒いから、よくわからないけど」

カバテツ父さんがいうと、カバヨ父さんも、つづけます。

「まさに、暗闇《くらやみ》から牛を引き出す、ってところだ」

すると、暗がりの動物が返事しました。

「いや。暗闇《くらやみ》からサイを引き出す、といってください」

「やっぱりあなたは、サイさんで」

「はい、サイでございます」

「こんなところで、たき火ですか？」

「いや。ニンゲンがやりっぱなしにしたたき火を、片《かた》づけにきたところです。火消しが、わたしの仕事なので」

「足でふんづけて、熱《あつ》くないの？」

「はい。火事場のばか力です。燃《も》えひろがっては、たいへんですからね」

「それはまた、ごくろうさん。縁《えん》の下の力持ちですね」

「まあね。だれだって、火事はこわいでしょう」

「もちろん。地震《じしん》、雷《かみなり》、火事、おやじ、ですよ」

カバヨ父さんがいうと、カバヨが首をふり、

「でも、うちのおやじさんなら、ちっともこわくない」

そういって、お父さんにだきつきました。

「どうぞ気をつけてお帰りください」

火消しのとくいなサイが、カバテツたちを見送ります。

「わたしなら、ご心配なく。老《お》いたる馬は道を忘《わす》れず、と、いいますからな」

カバテツのお父さんが、わらいながらこたえました。

また月が顔をだし、道を白くてらしています。

「でも、この道でまちがいないのかな？」

カバテツが、たずねます。

「心配ないって。すべての道はローマに通ずということわざがあるけど、ここでは、すべての道は川に通じるのさ」

「川だったら、落ちても平気だものね」

カバヨがいうと、カバテツが声をはりあげて、

「あ、今になって思い出した。木のことわざ。サルも木から落ちるって、いうの」

「だからね、カバも川に落ちるけど、川の水は、わたしたちのふとんだから、落ちても平気なの」

カバヨが、つけたしました。

「ふんと、ふとんがふっとんだ。ふっとんでかえろー」

カバヨお父さんが、へんなダジャレをとばしたので、カバテツもカバヨも、お腹《なか》をかかえて大わらい。

「よっしゃ。ふっとんで帰って、ぐっすり寝《ね》よう」

カバテツ父さんが、川にむかってさけびました。

「そうそう。寝《ね》る子は育つ、いや寝《ね》るカバは育つだ」

カバテツもさけび、川にむかってかけだしました。

ことわざ案内・6

夜道に日は暮《く》れぬ

もう夜になったのだから、これ以上道が暗くなることはない。遅《おそ》くなりついでに、のんびりやろうよ。

いつも月夜に米の飯《めし》

毎日が明るい月夜で、米のごはんが食べられたら最高《さいこう》だけど、世の中、そうそううまくはいかないよ。

月にむら雲、花に風

明るい月にも雲がかかり、きれいな花にも風が吹《ふ》く。いいことには、えてしてじゃまが入りやすいものだ。

闇夜《やみよ》のカラス

暗い夜にカラスが飛《と》んでも、見分けがつかないように、さっぱり見当がつかないこと。雪にサギ、ともいう。

日暮《く》れて道遠し

夜になったのに、目的地《もくてきち》はまだ遠い。期限《きげん》がせまっているのに、目標《もくひょう》にはとどきそうにない。

闇夜《やみよ》の提灯《ちょうちん》、渡《わた》りに船

まっ暗な夜、提灯《ちょうちん》の明かりを見てほっとするように、困《こま》っているとき、ありがたい助け船がきてくれたんだ。

暗闇《くらやみ》から牛を引き出す

暗いところから黒いウシが出てくるように、ぼんやりしていて、はっきりしないありさま。

ことわざ案内・6

火事場のばか力

火事のときには、思いがけない力が出るように、いざというとき、とてつもない力を発揮《はっき》する場合がある。

縁《えん》の下の力持ち

床《ゆか》の下で家を支える柱に、だれも気づかないように、人に知られないところで、役立っているりっぱな人。

地震《じしん》、雷《かみなり》、火事、おやじ

みんながこわいと思っているものを、順番《じゅんばん》に並《なら》べたことわざ。昔は父親も、よくおこっていたみたい。

老《お》いたる馬は道を忘《わす》れず

年取ったウマが道をよく覚《おぼ》えているように、経験豊《けいけんゆた》かな高齢者《こうれいしゃ》は、正しい判《はん》断《だん》をくだすから尊敬《そんけい》しよう。

すべての道はローマに通ず

どの道をたどっても、ローマに行きつくのと同様に、目的《もくてき》にとどく方法はいくつもある、というたとえ。

サルも木から落ちる

木のぼり上手なサルも、ときには木から落ちる。だから、どんな名人でも、たまには失敗するものよ。

寝《ね》る子は育つ

よく寝《ね》るのは、健康《けんこう》な証拠《しょうこ》。そんな子どもは、すくすく丈夫《じょうぶ》に育つものだ。

か
枯《か》れ木《れ》も山のにぎわい …… 49・54
木に竹をつぐ …… 49・54
木によりて魚をもとむ …… 50・56
義《ぎ》を見てせざるは勇《ゆう》無《な》きなり …… 18・24
草を打ってヘビを驚《おどろ》かす …… 50・55
暗闇《くらやみ》から牛を引き出す …… 62・71
君子《くんし》危《あや》うきに近《ちか》寄《よ》らず …… 16・23
君子《くんし》の交わりは淡《あわ》き水のごとし …… 39・46
芸《げい》は身を助《たす》く …… 19・25
子どものけんかに親が出てきた …… 28・32
さ
サルも木から落ちる …… 68・73
地震《じしん》、雷《かみなり》、火事、おやじ …… 65・72
上手《じょうず》の手から水がもる …… 36・44
少年老《お》いやすく学《がく》成《な》り難《がた》し …… 6・12
すべての道はローマに通ず …… 67・73

カバテツのことわざ研究

よく学べ　楽しいことわざ

この本にのっていることわざを、あいうえお順にならべました。
ことわざの横にある数字は、何ページにのっているかをしめします。

あ

改《あらた》めるにはばかることなかれ …… 42・47

衣食《いしょく》足りて礼節《れいせつ》を知る …… 9・12

一難《いちなん》去ってまた一難《いちなん》 …… 28・32

いつも月夜に米の飯《めし》 …… 59・70

命あっての物種《ものだね》 …… 18・24

色気より食い気 …… 11・13

うまいものは宵《よい》に食え …… 11・13

縁《えん》の下の力持ち …… 65・72

老《お》いたる馬は道を忘《わす》れず …… 66・73

同じ釜《かま》の飯《めし》を食う …… 9・13

親の心子知らず …… 30・33

か

火事場のばか力 …… 65・72

ま

身から出たさび……42・47
水清《きよ》ければ魚《うお》すまず……36・44
水心あれば魚心《うおごころ》……38・45
水に流す……39・45
水を得《え》た魚《うお》のよう……38・45
水をさす……42・45
実るほど頭《こうべ》が下がる稲穂《いなほ》かな……30・33
昔取った杵柄《きねづか》……19・25
無芸《むげい》大食……27・32

や

やぶをつついてヘビを出す……51・55
焼《や》け石に水……39・46
闇夜《やみよ》のカラス……60・71
闇夜《やみよ》の提灯《ちょうちん》、渡《わた》りに船……61・71
よく遊びよく学べ……8・12
夜道に日は暮《く》れぬ……57・70

た

立て板に水……36・44
食べてすぐ寝るとウシになる……15・22
血は水より濃い……41・46
月にむら雲、花に風……59・70
鉄は熱《あつ》いうちに打て……28・33
遠くの親戚《しんせき》より近くの他人……41・47
年寄《としよ》りの冷《ひ》や水……39・46

な

逃《に》げるが勝ち……16・23
寝耳《ねみみ》に水……39・46
寝《ね》る子は育つ……68・73

は

背水《はいすい》の陣《じん》……39・45
腹《はら》の皮が張《は》れば目の皮がゆるむ……15・22
腹《はら》八分目に医者いらず……10・13
日暮《く》れて道遠し……60・71

作者

山下明生　（やました はるお）

1937年東京都生まれ。瀬戸内海で幼少年期を送る。京都大学仏文科卒業。海育ちの海好きで、海を舞台にした作品が多い。『海のしろうま』（理論社）で野間児童文芸賞、『はんぶんちょうだい』（小学館）で小学館文学賞、『まつげの海のひこうせん』（偕成社）で絵本にっぽん賞、『カモメの家』（理論社）で路傍の石文学賞を受賞。

ほかに「山下明生・童話の島じま」シリーズ（全5巻／あかね書房）など。絵本の翻訳に「バーバパパ」シリーズ（講談社）、「カロリーヌ」シリーズ（BL出版）などがある。

画家

小山友子　（こやま ともこ）

1973年神奈川県生まれ。グラフィックデザイナーとして活動後、イラストレーターに。2010年、ボローニャ国際絵本原画展入選。

絵本に『かちかちやま』（山下明生・文／あかね書房）『ど「どあい」の「ど」をみつけよう！』（いざわかつあき・作／白泉社）など。紙芝居に『ロールパンのろうるさん』（教育画劇）などの作品がある。

カバテツのことわざ研究

2・よく学べ　楽しいことわざ

2017年10月20日　初版発行

作者　山下明生
画家　小山友子

発行者　岡本光晴
発行所　株式会社 あかね書房
〒101-0065　東京都千代田区西神田 3-2-1
電話　03-3263-0641（営業）　03-3263-0644（編集）
https://www.akaneshobo.co.jp

印刷所　株式会社　精興社
製本所　株式会社　ブックアート

ISBN978-4-251-01056-8 C8393　NDC814　79ページ　21㎝

ことわざは、知恵《ちえ》のオアシス！
たいせつなことが、たくさんつまっています。

カバテツのことわざ研究

山下明生・作　　小山友子・絵

1　天気よほうは　ことわざで

2　よく学べ　楽しいことわざ